카카오프렌즈,
그건 사랑한단 뜻이야

카카오프렌즈,
그건 사랑한단 뜻이야

흔글 지음

arte

KAKAO FRIENDS 카카오프렌즈

저마다의 개성과 인간적인 매력을 지닌
라이언, 어피치, 튜브, 무지, 콘, 네오, 프로도, 제이지!
서로 다른 성격에 저마다 콤플렉스를 가진 여덟 친구는
각자의 부족한 부분을 서로의 장점으로 채워나간다.
시크릿 포레스트에서 소소한 일상과 특별한 모험을 즐기는 이들의 모습은
우리와 그리 다르지 않다. 카카오프렌즈의 위트 넘치는 표정과 행동은
어쩌면 바로 지금 우리의 마음을 고스란히 보여주는 걸지도 모른다.

우린 너의 베스트프렌즈

차례

PART 4

PART 5

1 · 나 혼자만 혼자인 건 아니야

나 하나

남들이 하는 얘기를
모두 마음에 담아둘 필요 없어.
나로 살아본 사람은
세상에서 오직 나 하나니까.

기다려줘요

부끄럼이 많고 수줍음이 많다는 건
남들보다 조금은 느릴지라도
좋아하는 무언가를 향해
찬찬히 다가간다는 것.

그러니 조금만 기다려주세요.

나만의 지도

혼자가 된다는 것은
나만의 지도를 하나 갖게 되는 것.

그 누구도 가보지 못한 곳,
혼자여야만 도달할 수 있는 곳.

혼자 길을 걸을 때
보이지 않던 길이 보이기도 해.

Ryan

 apeach님 외 7명이 좋아합니다

한 번밖에 없는 내 인생,
만약 그게 한 편의 영화라면
코미디였으면 좋겠어.

#내인생의장르 #해피엔딩

모든 사람에겐 저마다의 장르가 있어.

알아가는 연습

취향이 없다는 것은
아직 나를 모른다는 뜻이야.

영영 모르는 건 아니니까
천천히 알아가면 되니까
자책하는 건 그만.

혼자의 자유

가끔 가슴이 답답할 때는
혼자 노래방에 가곤 해.
음정이 맞지 않아도, 박자가 어긋나도
아무도 뭐라고 하지 않잖아.

게다가 혼자 가면
순서도 선곡도
눈치 볼 필요 없지!

홀로서기

너 혼자만 혼자인 게 아니야.
혼자는 숨겨야 하는 게 아니야.

홀로서기는 자연스러운 것.
그 누구도 넘보지 못하는
소중하고 온전한 나만의 세상이 생기는 것.

보낸 사람: 콘 con@kakaofriends.com
받는 사람: 무지 muzi@kakaofriends.com

오늘 네게 하고픈 말

오후 09:30

혼자서도 괜찮은 사람,
혼자서도 근사한 사람.

수많은 사람들 사이에서
마음이 지치면 언제나 곱씹기를.

 26

가끔은 혼자니까 괜찮기도 해.

중요한 건

꼭 누군가가 있어야만
외롭지 않은 것도 아니고
꼭 누군가가 없어서
외로운 것도 아닌 것 같아.

토닥토닥

우리에겐 스스로
토닥이는 시간이 필요해.

괜찮다고, 잘했다고.
토닥여주는 사람이
꼭 남일 필요는 없으니까.

혼자여서 괜찮아

딸기 케이크 위 예쁘게 올라간 딸기를
괜찮은 척 양보하지 않아도 되니까.

자동차를 타고 달리면서
음정 박자 다 틀린 노래를
큰 소리로 불러도 눈치 보이지 않으니까.

곁에 아무도 없다는 것도
가끔은 위안이 돼.

혼자여도 마음은 꽉 찬
혼자의 시간.

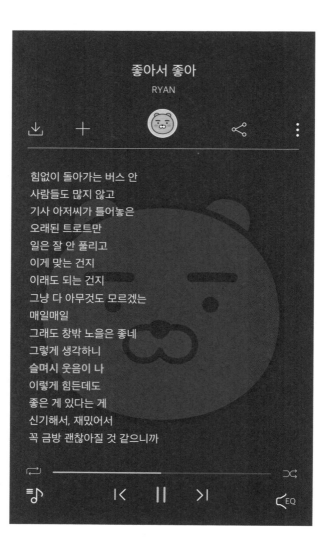

좋아서 좋아

RYAN

힘없이 돌아가는 버스 안
사람들도 많지 않고
기사 아저씨가 틀어놓은
오래된 트로트만
일은 잘 안 풀리고
이게 맞는 건지
이래도 되는 건지
그냥 다 아무것도 모르겠는
매일매일
그래도 창밖 노을은 좋네
그렇게 생각하니
슬며시 웃음이 나
이렇게 힘든데도
좋은 게 있다는 게
신기해서, 재밌어서
꼭 금방 괜찮아질 것 같으니까

EQ

좋아하는 게 있어서 좋아.
따뜻한 색의 노을, 진심이 담긴 눈맞춤
내가 좋아하는 커피 한 잔.

그거면 돼.

진짜 나

냉면 위 올라간 계란 반쪽을 좋아해.
김밥 속 노오란 단무지를 좋아해.
없어도 괜찮고
주인공도 아니지만
있어야 진짜지.

나만의 시간도 그래.
온전한 내가 되기 위해서
반드시 필요하거든.

냅두자

간혹 이해하기 어려운 사람이 나타나
우리의 마음을 헤집기도 해.

그럴 땐 이해하려 애쓰지 않고
그냥 그대로 두는 게 좋을지도 몰라.

모든 사람을 반드시 이해할 필요는 없어.

계속 그렇게 살으라고 냅둘래!

무너지지 않게

기댈 곳이 있으면
기대는 게 낫다고 생각했지만
영원한 건 없더라고.
언제나 그 자리에 그 모습 그대로
머물러 있진 않더라고.

어딘가에 기대기 전에
스스로 서는 연습이 필요해.
기대는 곳이 사라져도
무너지지 않게.

조용히, 몰래 오는 기쁨

나는 아직도 산타가 있다고 믿어.

기다리고 기다려도 오지는 않지만

알게 모르게 내 곁을 다녀갔을 거라고.

평범한 모습을 하고 있어서

내가 몰랐을 뿐 분명히 있다고.

매일 새로운 기쁨을 기대한다는 것,
깜짝 놀랄 준비가 되어 있다는 것.
그건 언제든 행복해질 수 있다는 것.

2 · 안전선 밖으로 물러나세요

편안한 거리

일단 거기서만.
네가 싫어서가 아니야.
서로를 편하게 바라볼 거리가
필요한 것뿐이야.

너와 나

너는 거기 서 있었고
나는 여기 서 있었지.

너는 저쪽으로 뛰어갔고
나는 여기까지 걸어왔어.

우리는 그냥 그랬던 거지.

억지로 널 잡아두려 하진 않을 거야.

나를 아껴주기

내가 남에게 하지 않을 행동만
내가 내게 안 하면 그걸로 충분해.

틈

예전의 나는 틈이 생기는 걸 두려워했지.
그래서 모든 걸 세게 붙잡는 버릇이 있었어.
조금이라도 떨어질까 봐,
떨어지면 멀어질까 봐.

근데 모든 건 어느 정도의 틈이 필요하더라.
틈이 없으면 어딘가 곪아버릴 수도 있거든.

이렇게 해!

오후 5:10

오후 5:15

이렇게 해보는 게 어때?

오후 5:20

오후 5:22

말끝을 조금 바꾸는 것만으로,
우리는 조금 더 나아질 거야.

진짜 친구

나이가 같다고 다 친구가 되는 것도 아니고
나이가 다르다고
친구가 될 수 없는 것도 아냐.

그러니까 우리가 반말로 좀 얘기했다고
친구라고 생각하진 말아줄래?

말의 책임

아무렇지 않은 말은 하나도 없다.

농담이라고 쉽게 뱉은 말 한마디가
깊은 상처를 오래 남기듯.

살아가는 법

머리를 긁적이거나
선풍기 앞에서 아 – 소리를 내며
한참을 멍 때려도
이상하게 보지 말아줘.

가끔은 내가 살아가는 방법이기도 해.

해야 할 일

내가 아는 게 전부가 아님을,
나도 언제든 틀릴 수 있고
실수할 수 있고 바뀔 수 있음을
자주 생각하는 것.

불편한 사람이 되지 않으려면
꼭 해야 할 일.

Apeach · · ·

♥ ○ ◁   ▭

 tube님 외 7명이 좋아합니다

우리 사이에 중요한 건
시간이 아니라 농도

#나는너를얼마나알고있을까

가끔은 누군가의 등 뒤에
숨고 싶어질 때가 있다.

나를 위해 등을 내어주는
누군가의 든든함을 느끼고 싶어서.

은신처

세상에 너무 지친다면
어딘가로 그냥 숨어버려도 돼.

가끔 숨고 도망치는 건
정말로 도움이 되니까.

마음의 모양

나와 딱 맞는 사람이 있다면 좋겠지만
저마다 마음의 모양은 다르니까.

그러니 억지로 맞추지 않기로 해.
그 사람의 모양을 인정하기로 해.

우리 사이

아무것도 하지 않고
아무 말도 하지 않고
가만히 앉아 서로의 할 일을 하는 사이.
각자의 시간을 보내는 사이.
그 시간 그대로 완전한 사이.

내가 원하는 우리 사이.

적절한 속도

아무리 맛있는 음식이 있어도
급하게 먹다 보면 체하는 법.

적당한 속도로 나아갈 때
진짜 행복을 느낄 수 있어.

Muzi ・・・

 tube님 외 7명이 좋아합니다

아무리 가까운 사람이라 해도
우리는 단 한 순간도 완벽히 알 수 없다.

#우리 #자주 #얘기하자 #출출하지않니 #뭐시켜먹을까 #굿

우리의 오늘은
영원히 지금처럼 유지될 수 없어.
그 사실을 곱씹고선 네게 말을 걸 거야.

오늘 네 하루는 어땠는지
오늘 내 하루는 어땠는지.

숨기지 말 것

사이가 틀어질까 봐
받은 상처를 품고만 있지는 마.
말하지 않는다면 마음이 썩을 것이고
마음이 썩으면 관계도 상할 테니.

기다림

빵이 처음부터
먹음직스럽지 않은 것처럼
사람 사이도 처음부터
마냥 좋을 수는 없는 거야.

서서히 숙성을 거쳐야
맛있게 부풀어 오르는 빵처럼
기다림이 필요해.

잘 만나는 것도 중요하지만

잘 헤어지는 것도 중요한 것 같아.

모든 끝이 아름다울 수 없다는 걸 알지만 그래도.

서로를 향해 손 한 번만 흔들어주면 그것만으로
더할 나위 없을 텐데...

보내줄 타이밍

누가 봐도 비좁은 지하철을

무리해서 비집고 들어가려는 사람이 있었어.

눈총을 무릅쓰고 위험하게 애쓰는 걸 보면서

그런 생각이 들더라.

탈 수 없는 지하철은 미련 없이 보내버리고

아닌 것 같은 관계는 때로는 깔끔히

포기할 줄도 알아야 한단 것.

노란 안전선은
사람 사이에도 필요한가 봐.

3 · 왜 너랑 있으면 웃음이 날까

같이 걸을래

날씨가 좋다는 핑계로
누군가를 불러내기 좋은 계절이 왔어.

언젠가 내가 바람이 참 좋다고
걷고 싶다고, 넌지시 말한다면
그건 사랑한단 뜻일지도 몰라.

바람에 마음을 담기 좋은 날이야.

빛

빛나는 나를 좋아해주는 사람보다
내 안의 빛을 찾아주는 사람이 좋아.

나를 더 빛나게 해주는 그런 사람.

좋은 사람

좋은 사람을 만나는 것만으로도
나의 하루는 크게 달라져.

말 하나로도 기분이 바뀌는 게 사람인데
사람이 주는 기운은
삶을 뒤흔들 만큼 힘이 세거든.

그 사람이 누군지 너도 알지?

너의 시간

행복을 돈 주고 살 수 있다던데,
그럼 난 망설임 없이
네 시간을 살 거야.

다른 사람이랑 있을 땐 안 그러는데
너랑 있으면 왜
얼굴만 봐도 웃기고 재밌을까.

Frodo

 neo님 외 7명이 좋아합니다

꽃이 가장 쓸모없는 선물이라는 사람도 있지만
내겐 아냐. 네가 활짝 웃는 얼굴을 볼 수 있으니
그걸로 충분해.

#너와함께하는모든순간 #꽃같아

우리에게 필요한 건

누군가의 틈을 채우고 싶을 때는
잠깐의 관심이 아니라
꾸준한 애정이 필요해.

처음엔 작은 두드림이면 충분하지만
우리에겐 점점 더
꾸준한 마음이 필요해.

필요한 사람

나를 자랑스럽게 생각하는 사람.
내가 소중한 존재라는 걸
곁에서 꾸준히 말해주는 사람.
나를 믿어주는 사람.

이 세상을 덜 쓸쓸하게 만들어주는 사람들.

나는 다 해당되는 거 알지?

너라는 필터

지나가는 바람에도 웃음이 나
그냥 마음이 들떠서 뭘 해도 좋아.

너를 만났을 때 딱 그래.
모든 순간이 간지럽고, 그냥 좋아.
너라는 필터로 세상을 보는 기분.

기다림

누군가를 기다리는 시간은
아무도 보상해주지 않아.
한참을 기다려도 괜찮을 것 같은 사람이라면
아무 보상을 바라지 않는 사이라는 거겠지.

피곤해서 먼저 잘게.
친구들이랑 잘 놀아!

오후 10:10

응, 잘 자!

오후 10:13

난 지금 친구들이랑
카페로 자리 옮겼어.
다음에 여기 같이 오자!

오후 10:35

지금 집에 도착했어.
너무 피곤한데 기분은 좋다.
얼른 씻고 자야겠다.

오후 11:50

잘 자.

오전 12:27

나와 함께 있지 않을 때도,
내가 잠을 자고 있을 때도
무얼 하고 있는지, 어디를 가고 있는지
먼저 말해주는 네가 참 좋아.

그 어디에 있더라도
나를 생각하는 것 같아서.

경고

관계 속에서 누군가가 잘못했다면
바로 끊어내거나 쫓아내지 않고
몇 번의 경고를 줄 것.

누구에게나 실수를 만회할 시간은 필요하다.
나도 누군가에게 처음부터
좋은 사람일 수 없는 것처럼.

‹ 메모

누군가 내 곁에 있다는 사실만으로
슬픈 마음은 쉽게 가라앉곤 한다.
사람이 주는 힘은 그토록 크다.

행복

너의 행복이 나의 행복이 되는 것,
내가 널 좋아한다는 것.

등산

혼자 있고 싶단 생각에

무작정 혼자서 산으로 올라간 날.

정상을 향하는 길이 너에게 가는 길 같더라.

멋진 풍경을 보기까지 한 발 한 발

차근차근 꾸준히 내딛어야 하듯이

네게도 그렇게 마음을 써야 하는 거였어.

그래서 사람들이 있을 때
잘하라고 하나 봐!

다가와줘

너랑 다툰 뒤 내가 혼자 있고 싶다고 해도,
사실은 혼자이고 싶지 않을 때가 더 많아.
그럴 땐 모르는 척 다가와줘.
스르륵 풀릴 준비가 되어 있으니까.

유치하지만

남 보기엔 아주 사소한 변화일지 몰라도
네게 아주 작은 부분까지
특별해 보이고 싶어서
고민했던 나의 마음을
네가 알아주기를 바라니까.

진짜 나 뭐 달라진 거 없어?

사랑의 타이밍

비는 오는데 우산은 없을 때,
허둥지둥 외투를 벗고선 머쓱하게 웃을 때,
나란히 서서 눈 오는 풍경을 바라볼 때,
사랑은 그럴 때 오더라.

미래

가끔은 내일의 내가 궁금해서
우리의 사랑이 변할까 두려워서
뭐라도 누구라도 붙잡고 묻고 싶을 때가 있어.

하지만 내 미래는
타로 점으로도, 어떤 어른도
정말 아무도 알 수 없어.

좋은 내일이 오기를 바란다면
오늘을 좋게 살아가야 할 뿐.

우리만의 포옹법

너는 내 등에 업힐 때 좋다고 하지만

나도 사실 너를 업어줄 때 좋아.

그 순간만큼은 내가 너를 품어주는 것 같아서.

네가 나의 등이 편안하다고 느끼는 건

네가 나를 믿고 있다는 뜻이니까.

서로의 온도를 나누는 사이,
참 좋다.

4 · 이제, 내 마음을 읽어 줘

필요해

내 마음을 자꾸만 뒤돌아보고
신경 쓰게 되는 사람보다는
내 마음을 있는 그대로
소중하게 생각해주는 그런 사람이
내게는 더 필요해.

좋은 관계

나와 잘 지내본 사람만이
여러 관계 속에서도 웃을 수 있다.
누구와 있든 나를 잊지 않으니.

배려

그 사람에게 5를 줄까 10을 줄까보다
그 사람에게 무엇이 필요할까?
내가 가진 게 그 사람에게 필요할까?
얼마나 필요할까?

이걸 생각하는 게 배려라더라.

오늘 기분은 좀 어때?

걱정 많이 했지?

너 정말 괜찮아?

오후 4:50

...

오후 4:56

내 마음은 내가 아니면
그 누구도 들여다보지 못해.
그러니 가끔은 물어봐줘.
마음아, 괜찮아? 하고.

겁

아무리 좋은 기억이 많았다 해도
아픈 상처 한 번,
쓰라린 실수 한 번에
점점 겁쟁이가 되더라고.

기분 컨트롤

내 기분이 좋지 않다고 해서
그 기분을 다른 사람에게까지
전해줄 필요는 없어.
기분에 따라 상대를 대하지 않기를.

차라리

내가 좋아서 하는 일에 대해
주변에서 이런저런 말을 듣고 있으면
차라리 혼자 남겨지는 게
나을지도 모르겠다고 생각해.

감정의 온도

감정의 온도는 미지근한 게 딱 좋아.
너무 뜨겁지도 차갑지도 않아야
언제 들어가든 편안하잖아.

Jay-G ...

  ryan님 외 7명이 좋아합니다

그때는 내게 정말 필요했던 것들이
지금은 그만큼 간절하지 않아졌어.

#변덕인걸까 #철이든걸까

정말로 필요했던 건 온전한 내 마음.
그 무엇에도 상처받지 않고
나를 사랑하는 내 마음.

진짜 나

그 누구도 신경 쓰지 않고
그 어떤 방해물도 없을 때
진짜 나와 마주할 수 있어.

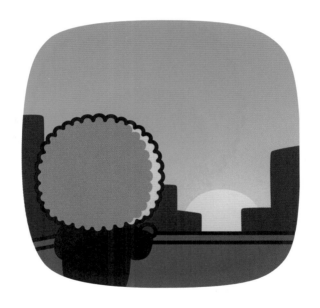

마음 쓰기

복잡하게 엉켜 있는 감정을
풀어내는 방법은 글자 꾹꾹 눌러 쓰기.

가끔 나도 나를 알 수 없을 때
빈 종이에 내 마음을 써보곤 해.

순간

세상에 영원한 건 없다.
영원을 바라기보다
순간을 위해 마음을 쓰자.

소중한 것들이 곁에 있을 때,
잃고 싶지 않은 사람들이
아직 내 곁에 있을 때.

슬퍼하고 있기에
우린 너무 바빠.

시선

누군가 비웃는다고 해서
내가 잘못된 건 아닐까 걱정하진 마.
아무 이유 없이 남을 깎아내리고
좋지 않은 시선으로 바라보는 사람이
이 세상에는 많이 남아 있으니까.

쌀쌀하고 어둡다고 생각했던 건
이 방이 아니라,
내 마음이더라고.

Jay-G

 neo님 외 7명이 좋아합니다

촛불 같은 사람이 되고 싶어.
노랗게 불이 붙자마자
방 안에 온기가 돌아오는 것처럼
따뜻한 사람이 되고 싶어.

#핫뜨거 #핫핫

방심

다 안다고 생각할수록
잘 안다고 생각할수록
더 조심해야 하는 것이 사람 마음.

좋은 사과

말하지 않아도 안다지만,
진심은 통한다지만,
표현하지 않고 풀리는 갈등은 없다.

사과는 마음만으로 하는 게 아니라서.

사과의 태도

누군가를 속상하게 만들었거나
큰 실망을 안겨줬다면
급한 불을 끄듯 수습하는 게 아니라
마음 깊숙한 곳, 속상함의 근본적인 원인을
들여다보는 게 먼저야.
지금 당장 덮어둔다고 해서
치유되진 않으니까.

외면

감정을 꺼내는 걸 너무 두려워하면 안 돼.
괜찮지 않은데 괜찮다고,
힘든데 아무렇지 않다고,
자꾸만 속내를 외면하다 보면
언젠가는 고장이 나고 말 거야.

161

마음을 녹이는 시간

속이 부글부글 끓을 때면

일단 뜨끈한 온탕에 들어가.

한참 동안 몸을 녹이다 보면

마음이 조금은 풀어지더라.

그러니 마음속에 화가 생기면

나에게 조금만 시간을 줘봐.

그렇게 화낼 만한 일이 아닐지도 모르거든.

몸도 마음도 시원하게 풀어버려!

5. 행복은 절대 미룰 수 없어

행복해지는 습관

날 행복하게 만드는 작은 습관을
몇 개쯤 만들어두는 것이 좋아.
아무리 힘든 일이 다가와도
습관처럼 자연스럽게 행복해질 수 있어.

잔잔한 일상

언젠가 괴로운 악몽을 꾼 적이 있어.
그 꿈속에서 내가 간절히 바랐던 건
화려한 삶, 빛나는 삶이 아니라
아주 잔잔한 일상, 보통의 하루들이었어.

그러니 힘들어도 일상을 챙겨야 해.

정돈

내게는 언제나 나를 돌봐야 할 의무가 있어.
이것저것 일이 풀리지 않아 답답할 땐
손톱을 깎거나 목욕을 하면서
나를 말끔하게 정돈해보자.
마음이 상쾌해지면 불안도 줄어들 거야.

야근러의 저녁 없는 삶 오후 10:20

오후 10:25 내일도 출근이긴 하지만

오후 10:26 일찍 자기 너무 아쉽다...

편의점에서 야식 콜?

 오후 10:30

오후 10:30 콜!

잠은 오는데
자기는 너무 아쉬운 밤,
피곤할 내일이 걱정되지만
좋은 순간은 절대 미룰 수 없지!

겁내지 않기

새로운 사람 만나길 좋아하던 내가
어느새 걱정부터 하는 버릇이 생겼어.
쉽게 떠나갈까 봐, 가볍게 상처줄까 봐.

하지만 모두를 밀어낼 순 없지.
밀어내고 겁만 낸다면
더 좋은 사람을 만날 수 없잖아.

우리가 만나기까지
지나온 시간들을 생각하면
가끔 놀라워.

오래 보면

나이의 숫자가 늘어날수록
사람을 조금 오래, 깊게 보게 되었다.
그러다 보면 누가 상처를 줄지
상처를 보듬어줄지
조금씩 보이더라고.

내성

갈등이 무서워 먼저 피했던 나,
피하는 것이 최선이라 생각했던 나.
하지만 문제가 때로는
나를 더 튼튼하게 만든단 걸
이제야 알았어.

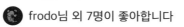 frodo님 외 7명이 좋아합니다

아주 달콤한 초콜릿이라고 해도
잔뜩 쟁여두고 먹다 보면 물릴 때가 와.
그러니 뭐든지 적당한 선을 지켜야 해.
더 오래 맛있는 초콜릿을 먹으려면.

#초콜릿은사랑 #더오래오래

적당함이 주는 기쁨이 더 오래 가는 법.

직접

전에는 그저 좋은 일만 일어나길 바랐는데
이제는 어떤 일이 일어나도 좋아.
좋든 나쁘든 직접 겪어보고 부딪쳐봐야
더 많은 걸 느낀다는 걸 알았거든.

183

좋아하는 것

좋아하는 것과 해야 좋은 것을 고르라면
나는 주저 없이 좋아하는 것을 선택할래.
해야 좋을 것을 선택해도
결국 좋아하는 것을 하게 될 거야.

자존감 키우기

실수한 건 빠르게 털어내고
잘한 건 아주 작더라도 칭찬해주는 습관.
자존감은 그렇게 조금씩 오르는 거야.

187

Jay-G

  muzi님 외 7명이 좋아합니다

하루하루를 유지해나가는 건
기약 없는 약속이 아니라
적극적인 마음과 행동.

#이것이진정한힙이지 #유남쌩

텅 빈 마음으로 매일을 살기보다
다가올 내일에, 다가올 꿈에 시선을 향하길.

그저 바라볼 것

사람은 누구나 잘 고쳐지지 않는 습관이 있어.
누군가의 습관을 애써 고쳐주려 하지 마.
적당히 멀리서 바라봐주고
조용히 웃으며 지나가주고
가끔은 모른 척하는 걸
그 사람이 더 바라고 있을 수 있으니까.

용기

맞지 않는 옷은 과감하게 떠나보낼 수 있는
담담한 용기가 필요해.
언젠가 입겠지, 언젠가 맞겠지 하다가
미련이 먼지처럼 자꾸 쌓이기만 할 테니까.

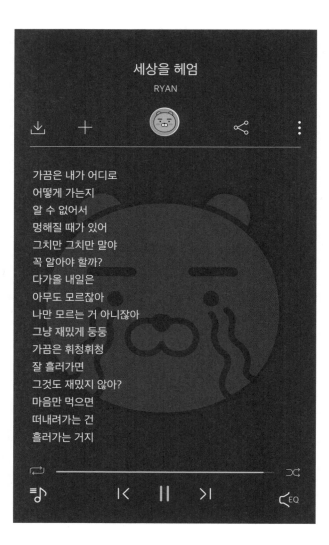

세상을 헤엄

RYAN

가끔은 내가 어디로
어떻게 가는지
알 수 없어서
멍해질 때가 있어
그치만 그치만 말야
꼭 알아야 할까?
다가올 내일은
아무도 모르잖아
나만 모르는 거 아니잖아
그냥 재밌게 둥둥
가끔은 휘청휘청
잘 흘러가면
그것도 재밌지 않아?
마음만 먹으면
떠내려가는 건
흘러가는 거지

다가올 내일은 누구도 알 수 없지만
바로 오늘은 마음만 먹으면 웃을 수 있어.
그럼 그냥 웃으면 되는 거야.
너무 많은 생각으로
나를 힘들게 할 필요는 없어.

출발선

남들보다 조금 늦게 출발했다고
다급하고 불안해서, 겁이 나서
나를 몰아세웠어.

하지만 출발선이란 건
누가 정하는 걸까?
내 출발이니까 그건 내 거잖아.

나의 템포

남들 속도에 나를 맞추기보다
그저 나의 속도대로 가는 게 더 중요하더라.
조금 느리게 걸으면 좀 어때?

어제보다 한 걸음 더 나아간 것만으로
우리는 더 나아진 거야.

나답게

더 나은 사람이 되고 싶다고
이래저래 애를 쓰다가
힘이 들어서 자주 쓰러졌어.

이젠 나은 사람보다
나다운 사람이 되려고 해.
무엇에 휘둘리지 않고 꿋꿋한
나다운 사람.

나만의 템포

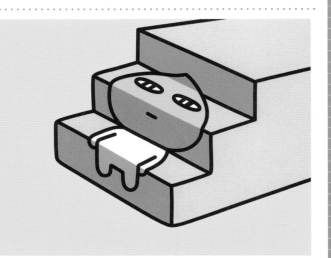

역 안에서 이리저리 바쁘게 움직이는 사람들.

나도 괜히 마음이 붐벼서 걸음을 재촉하다

앞에 있는 계단에 걸려 넘어졌어.

그러다 잠깐, 왜 그렇게 서둘렀지?

그냥 내 속도대로 가면 되는데.

그럼 넘어질 일도, 남을 밀치는 일도 없었을 텐데.

**좋은 사람 만나러 즐겁게 나서는 길,
좋은 리듬 맞추며 즐겁게 가고 싶다.**

"내 마음속에는
널 닮은 아이가 하나 있지."

"그 아이의 얼굴을 자세히 살펴봐줘.
행복할 때도 행복하지 않을 때도
사랑스럽게."

카카오프렌즈, 그건 사랑한단 뜻이야

1판 1쇄 발행 2020년 4월 1일
2판 1쇄 발행 2022년 11월 1일

지은이 혼글
펴낸이 김영곤
펴낸곳 (주)북이십일 아르테
인문기획팀장 양으녕 인문기획팀 이지연 최유진
출판마케팅영업본부장 민안기
마케팅1팀 배상현 김신우 한경화 이보라
출판영업팀 최명열 e-커머스팀 장철용 김다운
제작팀 이영민 권경민

출판등록 2000년 5월 6일 제406-2003-061호
주소 (우 10881) 경기도 파주시 회동길 201(문발동)
대표전화 031-955-2100 팩스 031-955-2151

ISBN 978-89-509-8711-4 / 03810
아르테는 (주)북이십일의 문학 브랜드입니다.

21세기북스 채널에서 도서 정보와 다양한 영상자료, 이벤트를 만나세요!
페이스북 facebook.com/21arte   홈페이지 arte.book21.com
인스타그램 instagram.com/21_arte   포스트 post.naver.com/staubin